KB013103

나이지리아의 모자

산지니시인선 012

나이지리아의 모자

신정민 시집

산지니

불편한 쪽으로 기운다
이뤄지지 않아서 이뤄지는 의심들

| 차례 |

제3부

제4부

제 1 부

헝그리 복서

난 뿌리 하나가
화분 밖으로 뻗고 있어
개미농원에 들고 가
조금 더 큰 화분으로
분갈이를 청했더니
꽃을 보려면 놔두라 한다
비좁아서
살아보겠다 그러는 거라고
뿌리에 신경 쓰면
꽃 피우지 않을 거라고

非

다족류 한 토막은
잘 챙겨놓은 나의 속눈썹

마음이 필요한 비극처럼
죽어서도 꿈틀거릴 준비가 되어 있다
살아 있다는 착각으로 기어갈 준비도 되어 있다

빛을 싫어하는 비공식
그래서 슬픔은 모두 야행성이다

바닥을 찾는 발가락들이
눈꺼풀 위에 놓일 때
검은 쉐도우를 바른 듯
깊어지는 숲

발끝에 닿는 감각에 몰두한다

남아 있는 촉각으로 기어갈 때

아니다, 이건 아니다 중얼거릴 때

눈을 깜빡이는

나의 눈화장은 비로소 완성된다

소실점

담장 위에 번지고 있는 붉은 잉크

잘 쓰던 시를 팽개치고 어느 날 문득 아프리카로 떠난 랭
보의 만년필에서 쏟아진 단어들
그가 어떤 무기를 팔았는지 누구와도 상관없는 순간들이
피었다

나는 그것을 줄장미라 오해하고
후두둑 느닷없는 빗방울이 떨어지고

태워버릴 나무를 찾아다니는 번개의 눈빛처럼
한 곳에서 만나게 될

우산 없는 나는 뛰기 시작하고
나와의 시선을 맞추기 위해 꽃들은 점점 더 멀어지고

어느덧이라고 시작된 아침
우두커니 거리 한복판에 서 있는 나무처럼

다가서자 멀어지기 시작한

 시선이 교차되는 점에서 소멸되는 우리가 담장 난간에 붉
게 피어 있다

색깔빙고

무지개의 본질은 흑백이므로

회색분자들이여
무지개를 그려보자

그림자가 우리를 속일 수 있게

옷장을 열어보자
새빨간 거짓말 코트를 입어보자
말만 번지르르한 헛소리 흰색으로 칠해보자

알래스카의 무지개는 삼원색으로
아프리카 인디언의 무지개는 스물하나 크레용으로

검은색은 현상일 뿐
검은 것 아닌 검은색 가까이 다가가 보자

가다 만난 회색으로

흰 것 아닌 흰색 멀리 도망쳐보자
도망치다 만난 무지개를 그려보자

모든 색을 다 쥐고 있는 태양

바다가 갖지 못한 푸른색으로
빨간색만 빼고 나머지 색을 다 감춰버린 원숭이 엉덩이로
익어버린 망고가 내놓지 않는 노란색으로

싸우는 자들의 본색이 드러나게
흉내 낼 수 없는 흑과 백 사이의 일탈을

착각

이미 불편하거나
돌이킬 수 없게 불편해진 불협화음 사이

웃고 있는 눈물과 울고 있는 미소
그 간발의 차이

둥근 별이
다섯 개의 뿔로 잡아당겨진 각도

기다림도 없이
누군가는 떠나고 나는 도착한 25시 편의점

가로등 아래 서 있는
너의 뒷모습을 바라보고 있는
콧잔등의 안경을 만지작거리는

너와 나 사이에서 깊어지고 있는
예각보다 좁고 둔각보다 넓은 생각

수요일 아닌 목요일같이
너와 나 사이에서 좁혀지지 않는
찬란한 오해들

나이지리아의 모자

태어나지 않은 아이의 모자를 뜬다
빈곤이 만들어낸 심연과 굴욕에 씌워줄
빼앗긴 대지에 씌워줄 무늬 없는 모자
뉴욕만큼 비싼 물가와
사하라 사막에서 날아온 모래먼지의 나라
노예가 되기 위해 태어나는 아이들
강제 노역과 매질에 필요한
강한 바람과 우기의 천둥에게 씌워줄 모자
회색의 열풍
나무에 매달린 채로 발아하는
맹그로브 숲의 씨앗들에게 씌워줄 모자를 뜬다
시만 있고 사랑이 없다면
단어들만 있고 그리움이 없다면
내일은 오겠지만 당신이 없다면
어머니가 되기 좋은 나라에서 온 편지
답장 대신 모자를 뜬다
시는 사랑이 쓰는 거라서
그리움만이 단어를 찾아 떠나고

당신이 없다면 내일도 없다고
손끝에서 태어나는 모자
생명과 두려움
그 둥근 실타래를 풀어 뜬다
태어난 날 사망하는 나이지리아의 체온
작고 검은 얼굴에 어울리는 푸른 햇살로
모자를 뜬다
한여름 나이지리아의 고무단이 촘촘하다

방추상회*

내 머릿속에는 얼굴을 지워주는 가게가 있다

배꼽 근처의 타투를 지우듯
당신이 누구였는지 알아볼 수 없게
생전 처음 보는 얼굴로 바꿔주는 곳

놀러오세요
구경만 하고 가셔도 됩니다
불편한 호객 따위 하지 않는 곳

그래서 나는 언제나 당신을 처음 보고

두부 대신 사 온 커다란 양배추 주머니 속의 붉은 두더지들

스물일곱 번의 꿈을 꾸고서도 단 하나의 꿈도 생각나지 않는
잔인한 농담을 처리해주는 곳

당신이 버린 얼굴들의 매립지

버린 것에서 많은 것을 배울 수 있게

조금 전까지 읽고 있었던 책을
감쪽같이 보관해주는 곳

아름다운 건 늘 처음 보는 것

생각날 듯 끝내 생각나지 않는
화이트 아웃 혹은 블랙아웃을 포장해주는 집

다양한 이목구비
헤어지면서 잊어버릴 수 있게
부위별 깜짝 구매가 가능한 곳

방바닥에 귀를 대고 아래층 소리를 엿듣는
목요일이었던 남자를 읽는 깊은 밤까지
기어이 잊어주는 곳이 있다

* 뇌 중에 얼굴을 알아보는 기능을 하는 곳

小人國 사람들

방바닥을 가로질러 소인이 뛰어간다

죽을힘을 다해 뛰어가는 그를
좁은 방 안에 있던 개와 나는 놓쳐버린다

비둘기의 잔영
우리는 서로를 쳐다본다
무언가를 얘기하고 싶은 벙어리

내 방에 살고 있는 그들은
내 물건들을 조금씩 옮겨 놓는 일로 살아가고
나는 그들이 옮겨 놓은 물건들을 찾는 일로 살아간다

없는 약속
지난 봄 외투에 들어 있는 열쇠처럼
작은 창문 하나는 벽에서 벽으로 이동 중이다

너무 멀리 옮겨졌을 때

제자리에 돌려놓지 못했을 때
개는 으르렁거리고 나는 문득 밖이 궁금해진다

앉은뱅이책상 위에서
찾지 못한 씨앗 하나는 떡잎을 밀어올린다

거기 있다고 믿어선 안 되는 것들이 있어
같은 시간 속에 서로를 의지하고 있는 개와 나는
부지런한 그들을 찾지 않기로 한다

꼭 필요할 때 기어이 없는 것들을 만든다

새로운 신앙

냉장고가 고장이 나고서야 알았다
내가 차가움을 믿고 있었다는 것을

어둠은 녹아 아침이 된다
밤새 떨어진 물방울들이 그릇마다 넘쳤다
실내화가 젖었다

나의 신은 지루한 걸 싫어하니
친구여 우리의 관계는 좀 더 냉정해져야 한다
더운 날씨를 싫어하므로 더욱 더 쌀쌀맞아야 한다

물고기가 물을 버리고
아이스크림이 본래의 모습을 찾았으니
거짓말을 싫어하는 우아한 편견도
잉크로 쓴 문장들도 좀 더 섬뜩해져야 한다

믿자
믿어야 한다

머리뿐인 만두가 생각을 그만두었다

우리의 차가운 피를

빙어가 좋아 빙어를 잡아먹던 시간을

죽음은 잠을 자지 않으니 장의사의 한밤중 불빛을

동물원을 좋아하는 아이들을 가두어놓고 위험을 즐기는

울타리를

자, 이제

물컹해진 비닐봉지들을 버리고

막연하고 근거 없는 차가움을 다시 한 번

고독의 족보

거짓말에게서 자식들이 태어났다 봄과 여름과 가을이었
다 겨울의 맏형들이었다 나이를 셀 수 없었던 겨울 역시 아
들을 낳았는데 그들은 소문과 고통과 부끄러움이었다 부끄
러움에게서도 아들 둘이 태어났는데 한 아들의 이름은 절망
이었고 또 하나는 슬픈 저녁이었다 그들의 동생은 속죄였고

속죄는 죽음을 낳았다 그들의 시대에 세상은 온갖 은유로
나뉘었다 세월은 늘그막에 인간을 얻었으므로 달이 차서 몸
을 푼 어떤 예술은 고갱과 고흐를 낳았다 쌍둥이였다 거만
하고 침울한 로맨틱과 노란 벽을 가진 아틀리에는 치즈 얹
은 빵 한 조각을 걱정하는 불운을 낳았다 생전에 단 한 점의
그림을 판 불운은

붉은 포도밭과 밀짚모자를 쓴 초상을 낳았다 그러나 강렬
한 색채나 격렬한 필치로 물감반죽을 만지작거리던 불운은
그의 아내 불평과 함께 귀를 자른 자화상을 낳아주었다 이
들은 후기 인상파의 본고장에서 퍼져나간 야수파와 같은 형
제들을 낳았고

임신하지 못하는 몸이어서 자식이 없었던 내일은 자기 아버지보다 먼저 죽은 오늘을 낳았다 이들의 운명적인 만남은 또 다른 거짓말들을 낳았고 그들은 모두 광야에서 죽어갈 아들들이었다 더 이상 나이가 기록되지 않던 그들은 비극에 따라 본 고독의 자손들이었다

붉은 얼굴의 차력사

두툼한 차돌을 손날로 내리쳤다
돌은 깨지지 않았다

기합을 넣고 다시 한 번 내려치자
손이 부풀어 올랐다

돌을 바꿔보았으나 이미 자신이 없었다

구경꾼들의 박수소리가 시원치 않아서였다
거짓말에서 나온 힘이 내려친 거짓말
이 시대의 힘을 빌려

그가 만병통치약을 팔고 있다
사과상자 속 비단뱀이 호객을 도왔으나
팔짱 끼고 지켜보는 구경꾼들보다 징그럽진 않았다

큰 거짓말을 더 잘 믿는 자가 외쳤다
삐고 멍든 데 직방이라니 부풀고 있는 그 손에 함 발라보소

아낌없이 쥐어짠 튜브 속에서
우리들의 무감정이 꾸역꾸역 빠져나왔다
손은 점점 더 부풀고

몰이꾼도 없이 거리에 나선 그를
깨지지 않은 돌덩이들이 빤히 쳐다보았다

영역

귀는 뜨거운 내 얼굴의 손잡이
거짓말에 쉬 붉어지는 얼굴을 위해 차갑다

머리카락을 쓸어 넘기거나 귀걸이를 위해서가 아니라
앉거나 걷는 일조차 열병의 흔적과 상의를 해야 하는 나
를 위해서
듣고 싶지 않은 말의 온도를 견디지 못하는
속내를 위해서

가장자리에 있다

모든 문

날마다 새로 쓰여지는 얼굴에서 비켜나 있다

죽어서도 며칠 더 살아남아 듣고 가야 할 말을 기다린다
는데
침묵에서 느껴지는 생동감에 대해

제일 먼저 움직이는 귀

정면에 모여 있는 것들 중 무엇과 자리를 바꾸었는가

천 개의 표정 입술인가
백일몽의 공장 눈썹인가

이마에서 흘러내린 관자놀이의 어지러움
태아의 자세로 웅크리고 있는

우는 물고기

물은 내게 물고기를 준다
나는 그것으로 조용한 비극을 기른다

물고기가 새끼를 낳을 때마다 어디 보자,
누가 몸을 풀었나

방금 낳은 새끼들을 잡아먹는 구피들
그새 또 배가 부른 놈을 찾는다

입 큰 이미지들이 집어삼킨 헛것들
도태는 어항 속에도 있어

물고기가 되지 못한 물이 언제나 가득한 나는
물이 되지 못한 물고기들처럼 헤엄쳐 다닌다

다시 한 번 물고기가 되기 위해
잡아먹히는 무지의 지느러미들
물속에선 잠시도 살 수 없는 나를 닮아서

위기에서 도망치는

　　미처 잡아먹히지 못한 혈육들을 지켜본다

어떻게 하면 물고기에게 신뢰를 얻을 수 있을까

　　매일 아침 수면 위에 떨어뜨리는 공손한 먹이

마주 본 적 없는 저 작은 물고기의 미간 사이가

　　기다리던 봄까지의 거리 같아서

물고기들이 기르는 나를 우는 물고기라 부른다

자리끼

물과 함께 증발한다
사막에 없는 구름

바닷가 이발소에 닿는다
곱슬머리가 귀밑까지 내려온 이발사
면도용 거품이 만들어낸 낡은 의자와 함께
푸른 타일 바닥으로 흘러내린다

나무로 만든 비누곽에선 파도가 일고
손을 씻고 싶었을까
유령처럼 힐끗 사라져버린 해안선을 향해
깨끗해진 손을 흔들며 인사를 한다

허리까지 내려온 흰 망토와 차양 넓은 모자를 쓴 나는
물 위에 떠 있는 십자형 창문과 너무 잘 어울려
드디어 목이 메인다

불을 피웠던 흔적만 남은 벽난로

그 위에 세워놓은 본차이나 접시의 청회색 문양은
처음 보는 표면,
오래된 심층이 가장자리에 떠오른다

거뭇거뭇 자라고 있는 머리카락이 웃는 꿈
눅눅한 이불을 덮고 지치도록 잠들어 있는 갈증

눈물이 마른다
아무 일도 없었다는 듯 물컵이 비어 있다

제 2 부

산책

아다지오 리듬으로 날아오른
검은 비닐봉지

모처럼 품게 된 허공의 힘으로 난다

돼지고기 한 근
큰 것에서 얼만큼 도려내었나 알고 싶을 때

산책을 좋아하는 불안은
돌풍이 불어준 까마귀가 되어
지붕에 앉아 소리 내어 울어줄 것이다

진실에 가까운
물 한 방울 새지 않는 대낮
어쩔 수 없이 껴안게 된 공기 한 봉지

아직, 날고 있다

제로섬 게임

누군가 울고 있어 내가 웃는다

세상에는 울어야 할 울음의 양이 정해져 있고
우리 모두 조금씩 울음을 나눠 가졌던 것이어서
누군가 울면 내가 울어야 할 울음이 줄어들었다

슬퍼도 눈물이 나지 않는다면
누군가 어디서 멈출 수 없는 울음을 우는 것

그를 사랑해서 얻은 내 슬픔과 나를 사랑해서 얻은 그의
슬픔의 합
하루의 지루함에서 떠나고 난 뒤 찾아온 두려움

겨울과 여름의 무리수
잠시 빌린 나팔꽃 화분을 베란다에 내놓는 행복은
빵이 되고만 물과 밀가루의 비율처럼
더하면 아무것도 남지 않는 실수

나의 중얼거림 때문에 숲의 나무들이 말없이 흔들리고
내가 마신 물 때문에 너는 항상 목이 말라서

웃을 때 다 웃지 않고 울 때 다 울지 않는다
당신 더하기 나는 제로다

선글라스 선글라스

먼 여행지의 올리브나무 숲에서
저녁은 수만 개의 젖꼭지를 문 채 어두워진다

깊어진 밤 여기저기 박혀 있는 해바라기 씨앗들
거리에 뛰어든 어린 짐승의 눈동자

도서관에서 돌아오는 동안 너의 유일한 취미는
태양으로부터 지구를 살리는 일곱 가지 물건들을 암기하
는 것

느릿느릿 달려오는 자전거
젖은 옷들의 빨랫줄과 색색의 콘돔들
달그락거리는 선풍기와 덤불 속의 무당벌레
국물까지 후루룩 타이국수
과거를 보관하기에 좋은 도서관

즐거운 허기의 양식
눈부실 것 없는 거리에서 점점 멀어지는 페달 도는 소리

어둠은 치기가 아니라 칼날이라던 누군가의 고독과 같아서

딛고 올라선 양동이를 걷어차는 사형수같이
맘에 드는 웨딩드레스가 생각보다 비싼 가난한 신부의 꼭 다문 입술같이

어둠을 향해 걷고 또 걷는

나의 오감은 안녕하신가

오감의 완성을 위하여 술을 마신다

잔을 부딪히는 건 술에 없는 청각을 위해서

한 잔 술에 들어 있는 불씨
종이 한 장 태울 수 있을 정도의 뜨거움에
목 깊은 곳을 데이고

먹구름을 위해
손등에 흐르는 푸른 강
양떼들을 저녁 쪽으로 모는 목동을 위해
말린 빵조각을 그릇에 넘치도록 담기 위해

한 잔, 다시 한 잔

죽은 짐승을 차지하기 위해
터무니없이 작은 머리를 썩은 고기에 밀어넣고 있는 독수
리를 위해서

가장 부드러운 살점을 찢는 밤의 건배

누군가
전등을 갈기 위하여
의자를 밟고 올라설 수 있는가 묻는다면

블랙아웃 직전 목구멍 깊이
마지막 감각을 털어넣는다

표면
—이봐, 두려움 내 곁을 떠나지 말아줘

나무가 가지를 뻗는다
새들을 움켜쥐기 위해 파견되는 언어

해석되지 않는 숲에서 나는 물의 손을 놓쳐버린 뿌리

탐지사의 손에 들린 두 개의 봉이 흔들리듯
마주 보고 서 있는 굴참나무 두 그루 삐걱거린다

우리들의 산책 코스는
심층에서 흐르고 있는 물줄기를 따라 이동한다

숲이라고 음모가 없겠는가
조상의 무덤을 열었을 때 보았던 수많은 실뿌리들

잘 걷던 길에서 언 생선상자처럼 팽개쳐진
나는 여기저기 튕겨나간 풍경

한쪽으로 너무 많이 기대어 쓰러진 나무가 보인다

아픈 척 눈물을 감추며
작은 돌부리 하나가 참을 수 없다는 듯 키득거리는 동안
일어서지 못하고 숨을 고른다

찢어진 살갗에서 새들이 날아오른다

이스탄불의 식사

터키석 귀걸이를 흔들며 저녁은 온다
정돈된 테이블에 앉아 있는 허기

테라스에 차려진 갓 구운 빵은 타인의 것
메뉴 속 양고기에서 겨드랑이 냄새가 난다던
어느 여행자의 후기에 거품 없는 맥주를 주문한다

해협을 마주보고 있는 4월
블루 모스크의 천장에서 반짝이던 타일은
목에 두른 스카프의 흐느낌을 기억한다

실크로드의 종착역에 피어 있을 튤립이여
떠나려고 있는 다습한 기후여

화로에 구운 옥수수와 남겨진 요거트를 바라보며
매운 음식을 좋아하던 연인을 생각한다
와인 한 잔에 취해버린 골목같이

서쪽 끝

달빛에 발견된 나라를 찾아가기 위해

주머니 속 야간 버스표를 만지작거린다

여우의 빛

벽화마을이 펄럭인다

남향을 피해 여러 개의 입구를 가진 여우굴
전망 좋은 경사를 가진 언덕 아래로
밀도 높은 계단을 이끌고 펼쳐진다

사냥감은 우는 토끼

기억하기 위해 돋보이기 위해 감추기 위해
셋 중 하나 아니면 셋 모두 노랑에 진 그림자
작은 창문 옆 해바라기로 피어나고
카지노 크림 초록에서 시작된 연둣빛 잎사귀는
덧칠된 가난으로 반짝인다

아무리 좋은 그림을 그려 넣어도 가난은 가난

어떤 그림을 그려드릴까요
감정을 어루만지는 딸기샤벳 혹은

베일에 싸여 있는 애수 그것도 아니면
사랑과 슬픔을 노래한 물고기들은 어떠세요

좁은 담벼락에
그려진 파스텔톤의 구름들이 예쁜 건
힘들고 지친 삶 때문
오래된 집들을 입에 넣고 오물거리는 골목은
렛츠 트위스트라 불릴 때 더 맛있는 꽈배기 같다

초겨울에 스며드는 무국 냄새
청회색 하늘에 떠 있는 구름이 대책 없이 슬픈 건
기대했던 것보다 훨씬 예쁜 밑그림
빈집들 때문

라면은 슬프다

토끼는 헬리콥터
귀는 프로펠러 한 쌍
잔디를 망친다는 이유로 토끼풀의 귀가 잡아당겨진다면
생각보다 끈질겨서
털 없는 두더지들이 뿌리째 딸려오고
먹다 만 구근 때문에 멀리 날지 못한다면
이게 말이 된다면 연필 끝은 사막이어서
쓸데없는 낙서들이 모래처럼 날아다니고

내가 너라는 가장 큰 실수로
써버린 시간들은 두루마리 화장지
여행자의 가방에 가득한 겨울이 거짓이 아니라면
말도 안 되는 추위가 들이닥쳐 꽃들이 얼어 죽고
하나뿐인 의자 때문에 음악이 흐르고

사실이라면
밤새워 읽는 장자
우리의 목숨이 항아리와 같다던 말은

지금도 가난하고
아침에 세 개 저녁에 네 개 주는 눈동자
버럭 화를 내는 원숭이가 나라면
없애버린 위의 통증보다 어머니가 끓여준 라면이
간절하다면

재떨이가 있는 방

가늘고 긴 손가락이고 싶었지요
카펫에 떨어져 있는 연기를 들여다보는 취미
담뱃재를 종류별로 나눠놓은 홈페이지를 들락거렸죠
꽃병 없는 방에서 힘껏 빨아당긴 당신을
아주 깊게 피워보고 싶었죠
가늘고 긴 흐느낌이랄까
우리 사이에 남은 어쩔 수 없는 입술 자국
버려진 담배를 줍는 당신
점토파이프를 물고 있는 주머니 속 벚나무
파이프를 만지작거리는 당신이 좋았어요
한 모금 깊게 빨아보지도 못한 오해 위에
사랑이라 쓰면
쿠바산 시거의 타르향이 피어올랐죠
흘러간 로맨스 때문에 당신을 기억한다는 말
손가락 사이에서 피어오르는 말보로는
쇼팽의 연습곡이 흐르는 방을 좋아했죠
흑건의 경쾌한 리듬으로 뛰어가고 있는 하이힐 소리
생선 비린내가 나는 목 넘김이 나쁜 기어이 딸꾹질을 해

대는

　별자리의 전설이 숨어 있는 이별

　창백한 가벼움이고 싶었지요

누수

내 몸에서 가장 낮은 곳은 발바닥도 손바닥도 아닌 눈

고통이 천국에 스며들 듯
낮은 곳 더 낮은 곳으로 흘러든다 검은 피는
슬픔이라는 발 고운 천을 통과한다

저녁나절의 푸르스름한 거리를 지나
이내 라는 아름다운 이름을 버리고
늙지 않는 우울의 힘으로 바닥을 밀고 간다

만들어진 바닥이 이끄는 대로

오래전 예수병원 후문에 늘어선 매혈자들의 행렬이 떠오
르게
차례를 기다리는 사람들의 눈물같이

있는 힘을 다할 필요도 없이 그냥, 그래 그냥

먹구름이 하늘의 얼룩진 벽지가 되도록
나보다 근심이 먼저 젖도록

구르는 천둥 씨에게

겨울 숲은
꿈과 현실의 중간
당신의 말대로
새벽 숲에 오른 나는
걸어다니는 나무
꿈도 아니고
현실도 아닌 애매한 곳에서
생각 없이 걷는 게 좋아
외투 안으로 파고드는
차가운 유령,
현실이 숨겨둔 열매를 찾아
부스럭거리는 청설모
엄마를 잃고 울던 시니피앙
죽은 듯 잠들어 있는 벌레들에게
안녕, 하고 묻는 다정한 안부가 좋아
눈을 이고 휘어지는 나뭇가지에
어린 새들의 가벼운 착지
조용한 조용이 다할 때

꿈도 아니고 현실도 아닌

모호한 곳에

내가 있다는 게 정말 좋아

좋아한다는 말

배를 열고 산란기를 긁어낸다
전어를 좋아하는 내가 전어를 죽인다

물 밖에 나오면 목숨부터 끊는 성미
세상이 수상하면 이 정도는 되어야지

온몸에 힘을 실어 도마를 친들
생각했던 불안은 이뤄지고

회는 회칠 때 더 맛있는 법

쫄깃쫄깃한 육질이 목숨에 대한 첫 경험을 기억할 때
오물통에 버려지는 물고기의 눈동자들

물기 없는 저녁은 슬프지 않아
흰 수건에 묻어 나오는 투명한 살점

나는 아직 살아 있어

난류성 어종의 이름을 자꾸 되뇌이고

좋아한다는 말은 회 한 접시를 뚝딱 만들어내고

직소퍼즐

미완성이 좋아
말 더듬는 그가 좋듯

바깥쪽부터 일렬로 제자리를 찾아놓고 시작한다

무엇보다 핀이 없는 무기력, 어딘가 좀 부족한 공허와
                              알록달록한 무분별 그리고
게으름,

초조한 식탐과 거들먹거리는 열등감, 늙어가는 절망이 몰
고 온 불안, 속물근성 다분한 무식과 그래서 얻은 결핍 그
래서
                              틀려먹은 수치와 분개로 이어지는
패배,

조각들 여기저기 흩어져 있다 귀퉁이가 맞지 않는다

        안절부절 망친 사디즘, 경쟁이란 낭비와 거짓에

가까운 비관, 칠칠치 못한 기만과 건조한 슬픔, 슬픔이라는 습관과 그러므로 슬프기만 한 상상,

　우둔으로 이어지는 우둔과 소문에 슬쩍 묻어가는 방탕, 그 끝에서 기다리고 있는 몇 가지의 추측들, 생색내기엔 아직도 많이 모자라는 두려움

　　　　왜냐하면 두려움, 멍청한 혐오와 분노할 줄 모르는 양심

　그러므로 질투, 마쉬멜로우보다 쫄깃쫄깃한 거짓말, 아무 옷에나 잘 어울리지 않는 꽃무늬 부로우치,

　　　여기저기 뒤집혀 있는 여기저기 뒷면들

　완성해야 할 그림은 하늘에 돌입하는 에펠탑
　비슷한 색깔이 많아서 만만치 않다

마치 우리 사이같이,

　　　　일방적으로 쓸쓸해진 분위기, 분위기와 도무
지 어울리지 않는 분홍 코끼리와

　　　　오랜만에 작동된 분수가 뿜어낸 구름들, 아
무 맛도 나지 않는 와이파이, 죽지 않는 고급요리 랍스타,
똑같은 사물이 반복해서 그려진 그림같이

안부

신 군!
나, 간밤에 죽을 뻔했다
아 글씨, 전기장판에 불이 붙었어
기름값 무서워 켜고 잤더니
냄새가 나는 거여
하마터면
통닭구이가 될 뻔했어
그럼 신 군, 자네가
아이고 아이고 울어주었겠지
죽기 전에 무릎 칠 시 한 편은 남겨야 쓰겄는디
사흘 내리 깡술에도
잠이 오질 않는 거여
내 또 술 먹고 전화하면 자넬 누나라 부를 거라 했는디
이렇게 늙는 게 아으, 쪽팔려
그나저나 남은 술 마저 먹고 잤으면
불붙는 줄도 모를 뻔했어

블라인드

움직이지 마
그래 거기 가만있어
아침이어도 할 수 없지
창문 따윈 없는 거야
해는 어둠으로,
달은 피로 바뀌리라
비 오는 날의 태양같이
내게로 와서 숨어도 좋아
그 어떤 느낌까진 바라지 말아줘
깊은 밤들 안녕하신지
침묵을 연주하는 기타의 느낌은 어떠한지
눈감은 듯 만져볼 뿐
거실 깊숙이 들어와 눕는 눈빛
너의 일부
불안은 조명을 싫어해
앞으로의 어둠은 어떤 것이 되어줄까
문득 배가 고픈
너에게 질문을 던져봐

한쪽에 몰려 있는 꽃무늬 커튼은

아늑하지 못한 게 흠이었어

확장된 거실과

움직이지 않는 암막

불면의 서쪽까지 설치해야 했을까

제 3 부

참장공

말뚝같이
뿌리 깊은 나무같이

움직이지 않는 건 매우 知的이다

요지부동은 가장 어려운 자세

뉘앙스와 표현 사이에 뚫려 있는 아주 작은 구멍을 향해
심장은 피를 펌프질해대고

속도를 견디지 못한
노랑과 파랑 사이에서 갈팡질팡하는 현기증

옮겨주지 않으면 영영 거기 있는 의자같이
서고에 꽂혀 있는 책같이

말을 타고
한 자세로 가만 머문다는 건 더더욱 매력적이다

마리오네뜨

버스에 소년이 오르고
요금통에 동전 몇 개가 떨어진다

쇠붙이들끼리 부딪히는 소리를 듣고
운전사가 소년을 부른다

동전이 모자라지 않는가
없으면 없다고 말을 해야지

운전석 옆에 불려와
귓불이 빨개진 소년

멀어지는 거리의 상점들이 나를 잡아당긴다
고개가 돌아가는 내 얼굴을
몇 정거장을 지나도록 거기 서 있는 소년이 끌어당긴다

위로인 듯 손잡이가 소년을 흔든다

그림자를 안아주듯 눈을 감고
거울이 앞에 있다고 생각한다

꽃가루가 병원균인 거리
버스 한 대 조용히 지나간다

화살을 향해 새는 날고

거울 속의 여자와 부딪힐 뻔 했다

배꼽까지 내려온 젖가슴
출렁이는 뱃살 그리고 처진 엉덩이를
평생 젊은 여자와 섹스를 했다는 남자에게
떠넘기고 사라졌다

본인의 손으로는 누구를 죽여본 적이 없다는 그녀
차가운 유령,
흰 머리카락이 피어오르는 여자를 내세웠다

웃는 얼굴 앞에 놓인 분향 그릇
화살통에 남은 화살을 만지작거리는 사냥꾼이
점점 더 선명해졌다

시위에 걸려 당겨지고 있는 일상

누가 먼저 피했는지

심층을 겨누었던 말들은 빗나가고
흔들린 적 없는 표적만이

작년에 쉰둘, 올해는 쉰하나
나이를 한 살 빼기로 한 여자의 나이 계산법

뒷모습을 보여주지 않는 거울이
거울 밖에 있는 여자를
아무리 노력해도 드러나는 본색을

어디선가 본 듯한 그러나 처음 본 여자를

베로니카

내 머릿속에는 골고타 언덕으로 가는 길, 길 위에서 울고
있는 베로니카가 있다 그, 그의 얼굴에 흘러내리는 땀을 피
땀을 닦는 여인과 두렵지도 슬프지도 아쉽지도 않아 지루했
던 생, 사랑하는 사람과의 하루 단 하루를 위해 정신병원을
탈출하는 베로니카, 베로니카가 살고 있다 기억은 있으나
그 부분만 검게 칠해놓은

그의 이름을 생각해 내기 위해 산책을 미루고 불켜진 스
탠드 아래서 오, 오래된 시집을 읽는다 한때 얼룩, 얼룩 없는
종이였던 지면에는 궁지에 몰린 생쥐의 눈, 눈알처럼 작고
까만 글씨들이 빼곡했던 그, 그 시집 겉표지 안, 안쪽 하단에
시집을 구입한 연 월 일과 함께 쓰여 있던 그, 그의 이름

뭐였더라, 뭐, 뭐였더라 거기 분명히 휘갈겨 갈겨 쓴 그러
나 읽을 수 있었던, 한때 적갈색 목질이었던 걸 기억해낸 종
이는 누, 누렇게 바래가고 있었는데 그, 그의 이름을 기억해
내기 위해 죽기로 결심한, 결심한 베로니카를 읽다가 어느
해였던가 지나온 날들이 엉켜

지, 지금은 확실치 않지만 매우 추웠던 어느 해 겨울날 비교적 넓은 역, 광장의 시린 아스팔트 바닥을 딛고선 맨, 맨발의 비둘기 비둘기의 충혈, 붉은 발이라고 낙서를 했던 그의 이름이 뭐였더라 시인은 어렵게 살아야 한다던 시인 말고 그 시집을 읽은 그, 그, 그의 이름, 도무지 떠오르지 않는 그

敵

사랑은 도대체
돌아오지 않겠단 말인가

전쟁의 이유를 물을 수 없는 병사들
폭음과 함께 흔적도 없이 사라질 밤을 몬다

목적지까지만 갈 수 있는 연료

무모한 공격으로 애꿎은 희생만 늘었던 칵테일 바 진주
만에
목표 없는 목숨들 투하되고 있다
가미가제를 마신다

쉐이커에 담긴 라임빛 혼돈을 부어주는 바텐더
열정은 산화할 만큼 장착되었는가
술집 창밖으로 검은 연기가 치솟는다

태양은 죽어가면서 더 밝아지고

높지 않은 성공률과 화력의 열세로 패전한 싸움법,
사랑은 결국 패전할 것이다

잊혀진 부다페스트의 가을처럼
붉은 조명 아래 반짝이는 거리의 시간처럼
어둠은 우리의 얼굴을 무표정으로 몰아간다

누군가가 되어야 한다는 고통이 노골적으로 취해간다

치명적이거나 유혹적인 꿈으로부터 벗어나기 위한
술잔이 또다시 채워진다

하루

방아쇠를 당긴다

찰칵,

지금이 무사하다

관자놀이에서 멀어지고 있는 화연

차르륵 차르륵 탄창 도는 소리에
정적이 감긴다

이 둥근 총구를 따라가면 장전된 구릿빛 시간이 보이리라

장방형 원탁에 홀로 앉은 내게
회전식 6연발 권총을 건네는 월요일

언제 날아와 박힐지
아무것도 걸지 못한 오늘이 표적에 선다

확률은 도박에 필요한 수학

살아 있는 동안 무모하지 않은 날은 단 하루도 없었으므로

불발만이 일상을 돌린다

중심

귀앓이 때에는 귀가
치질 도졌을 땐 똥구멍이
사랑니 솟구칠 땐 잇몸 가장 깊은 곳이
가장 아픈 곳이

좌우간

이쪽도 아니고 저쪽도 아닌 그것은
쓴맛 끝에 묻어 있는 달콤함입니다
개처럼 보이고 싶었던 수탉은 들키고 수탉처럼 보이고 싶
었던 개는 들키지 않았다는 대머리 여가수의 교훈이기도 합
니다

뿔을 가진 짐승은 이빨이 날카롭지 않고
좋은 그림들 가운데 있는 나쁜 그림 한 장이 좋은 그림
일 때
나쁜 그림들 가운데 있는 좋은 그림 한 장을 주목하는 피
카소

도무지 무슨 말인지 모르겠다던 두꺼운 헤겔서와
다를 바 없는 바로 그것
그것은 기적소리 독재자를 타도하자 시위를 가던 기찻길에
나란히 휘어지던 두 개의 왜곡

정신을 지배하는 육체와 육체를 지배하는 정신

사냥을 하지 않는 독수리이거나 올라갔으니 반드시 내려
오게 되어 있는 산입니다

거의 정확한, 살아 있는 시체처럼 모순어법이 잘 어울리는
단어들
태양의 열기가 달려오는 8분 그래서 따듯한 지금이 8분
전의 태양 때문이라는 것
이도 저도 아니라면 지하에 세운 100층 건물에 죽은 자들
을 묻어두고
엘리베이터를 타고 내려가 죽은 나를 만나고 혼자서 올라
오는 엘리베이터입니다

그것은 상자 없는 열쇠와 방학 중인 운동장의 그네와 아
무것도 적혀 있지 않은 쪽지
더 멀리 더 높이 날아오르기 위해 텅 빈 운동장의 철봉에
매달려 있을 때 나를 잡아당기던 중력과 나 사이 어딘가에
있었을지도 모를,

좌우간

행복한 그리움 그것은

하늘에서 보면 안과 밖이 없는 지상입니다

전편보다는 시간상으로 앞선 이야기를 보여주는 영화의
속편입니다

변모

겨울이었다
전주행 심야버스가
광주행인 줄 알고 탔다는 아가씨
아버지를 따라왔다
날 밝으면 첫차를 타리라
밤새 웅크리고 앉아 있었는데
눈 떠보니 없었다
며칠 후
싸락눈 칭얼거리는 소리
배냇저고리를 입은 그녀가 다시 찾아왔다
대문 앞에 버려진 업둥이
강보에 쌓여 있던
꾹꾹 눌러 쓴 생년월일과 함께
어머니를 따라왔다
작은 눈 작은 코 작은 입 작은 귀
기억은 지워지는 것이어서
눈은 내리고
불이 꺼지지 않던 밤의 원령原靈,

나를 보살피는 사람이

따듯한 보리차를 가져오고 깜빡

졸다 깨어보니

아무도 다녀간 적 없는 새벽

손님이 되어 내가 나를 다녀갔다

투명인간 A씨

나염 천에 그려진 꽃무늬
달력 속의 일정을 챙겨 꼬박꼬박 외출하는 아가씨는

결국이란 단어를 향해간다

이렇게 분명해도 되는 걸까
정수리에 떠 있는 태양의 거짓말같이
차가운 두부 속으로 파고드는 미꾸라지들같이
채소장사 아저씨 감자 박스 풀어놓은 롯데문구 담벼락
있는 그대로 다 보여줘도 되는 걸까

저녁같이
사라진 재떨이같이

누구든 볼 수 있게 또 다른 메모지에 아침을 옮겨 적듯
맞은편에서 걸어오고 있는 수영 코치를 못 본 척하듯

보이지 않는다는 사실을 밝히기 위한

가장 확실한 표현방법 바디페인팅

단 하나의 色으로도 충분해서

머리채를 잡아챌 수 없는

잘 깨지는 유리의 속성으로

부딪힐까 두려워 내게서 되도록 멀리 걷는

맹점

달은 가장 오래된 TV
옷 벗는 여자가 보인다

뜨거운 욕조에 스며드는 실루엣

껴안기 좋은 허리춤에 달의 문고리
일방적인 출구

움켜쥔 주먹, 처녀들의 젖가슴은
기운 달들의 무덤

단 한 번의 입맞춤으로 아이를 갖고
이틀 만에 배가 불러오는
어느 별 사람들의 수태는 그렇다는데

닷새 혹은 칠 일 만에 태어난 아이가
사흘 동안 다 자라버린다는데

혹시 당신
우우 —우 울어주는 여우도 없이 푸른 밤

잘 열리지 않는 문을 잡아당긴
달의 후손은 아니신지

뿔

부모 없이 자란 초년 운이 그의 등에 솟구치고 있다
늦은 점심을 먹고 있는 초식동물
가난한 시절에는 아무것도 배운 게 없었노라
되새김질하고 있다

태어난 곳을 서둘러 떠나야 했던 운명
큰 길 치타분식점을 바라보며
사냥의 승패를 가린다는 맹수와의 거리를 유지하고 있다

언제 뚫고 올라와 내세워볼까

장식도 아닌 것이
시비를 걸어도 어쩔 수 없는 것이

시장 입구 한 평 구두수선집
몇 켤레 닦지 못한 하루

한쪽으로 기운 포식자의 발굽들

낮은 천장 밑에 진열되어 있는 굽높이 깔창들

순한 짐승은 이마에 뿔이 솟는다는데
이마의 땀방울, 구두코에 떨어져 반짝 빛나고 있다

가나안 슈퍼의 깡통들

시간을 빌려주겠다고 문자가 왔다 모르는 번호였다
월요일을 보장해주겠다고 메일이 왔다 누군지 물어볼 겨
를이 없었다

알약을 목구멍 깊이 놓았다
골목 끝에 나는 서 있었다
삼켜야 했으나 물만 넘겼다
나는 또 남아 있었고 미간을 찌푸렸다
세상에 정확한 건 시간밖에 없었으므로
오케스트라가 연주되는 동안 지휘자의 뒷모습만 보았다

나는 소식으로 범람 중이다
그러나 휴지통은 넘치지 않는다

영악한 외로움이 나를 점령했다
내가 얼마나 외로운지 알 바 없는 소식들
외롭다 징징거리는 걸 아주 싫어했다
그 어떤 형용사도 허락하지 않는 바위처럼

골목 끝 가나안 슈퍼의 통조림 깡통들
통조림 속의 맛있는 계절들
문 닫은 꽃집과 손님 없는 세탁소가 전부인
젖과 꿀이 흐르는 땅

바오밥나무가 자라고 있는 마리아의 창문 아래로
고장난 것을 사겠다는 고물상 리어카가 지나갔다
연중무휴
멋진 남자의 게임과 쭉쭉빵빵 여자의 느낌을 버리는 순간
흥분제를 할인판매하는 밤이 차올랐다

마주 본 거울의 거울 속의 거울
끊임없는 내가 거울 속에서 나를 빤히 바라보고
어떤 홍수에도 침몰하지 않는 스팸메일 함대
비를 맞고 서 있는 나무들만 우기가 멈추기를 기다리고

결별

이 밤은
전소된 고무공장 내부 같아
마찰면 없는 발화
하루를 태워버릴 미제 성냥
장난삼아 켤 네가 필요했지
놀란 나머지 연료통에 던져버린 불씨
타오르는 시간을 꺼트리기 위한
예정된 실수
무너진 벽이 지키고 있는 어둠 속에서
꿀처럼 흘러내리는 이별을 바라보지
무언가를 걸었던 못자국에
아직도 달아나고 있는 유령들의 작업복을
걸어두고 싶어 둥근 코일의 화로 사이에서
챙겨온 불의 전리품
눈부신 어둠에 챙챙 불똥이 튈까 봐
난 나보다 널 더 사랑했다
찬물을 끼얹지
깃털의 무게를 견디는 까마귀

슬피 울기 위해 산으로 간 바람같이
가질 수 없는 사랑이어서
빛나는 것이라고
긴 밤의 폐부에 타버린 내가 박혀 있어

호인虎人

호피무늬 스커트를 버린다

굽 높은 구두로 발꿈치가 없다는 걸 감추는 것도 이젠 싫다

긴 꼬리 감추고

인간과 결혼해 애도 둘이나 낳았고

사람으로 변한 반백 년에 송곳니도 무뎌졌다

자라기 전에 잘라버린 손발톱

무엇보다 무림의 정글로 돌아가고 싶은 마음이 도무지
없다

호랑이로든 인간으로든 사는 건 마찬가지

이래저래 고달파서

제 4 부

식량

죽음은 뜯어먹기 좋은 빵

늦은 밤 빵집 아가씨가
팔리지 않은 죽음을 거두고 있을 때

오븐은 내일을 즐기는 자들에게 줄 선물을 굽는다

슈퍼자리에 들어선다는 베이커리
죽음 장사만큼 확실한 건 없으므로

먹물 빵 한 봉지 사 들고 집으로 가는 길이
반죽처럼 질척거린다

자충수

되도록 멀리 달려서
말뚝을 꽂아야지 했는데

하늘에 새가 난다
해망선 가까이 구름이 일고
묻혀 있던 십자형 지뢰를 밟는다

먹줄 사이에 걸려 있는 집들이 흔들린다

도망은 화려한 기술
패배가 흔드는 백기도 필요한 용단

한 걸음도 물러설 수 없는 곳에 서면
십 리 밖 공터가 떠오르는

숨통을 조여 오는 사방
내가 내 눈을 찔러야 할
단 한 점

선택한 미로에서 오가도 못하는

가위

나는 토끼띠 이옥림이야

깊은 밤
처음 본 여자가 내 목을 누르며 밝혔다

주검의 허리춤 여기저기서 지폐뭉치가 나오던 여자
군산비행장에서 나온 미8군 깡통을 팔던 여자
나침반의 북쪽 어딘가에서 죽은 내 아이를 길러주고 있는
여자
병명도 없이 명치끝이 아파서 사는 여자

나를 낳아주기로 한 여자들
나의 멱살을 잡고 밝힌다

기억을 버릴 수 있는 곳
이곳도 아니고 그곳도 아닌 악몽 속에서

전생이든 후생이든

언젠가 한 번은 불려야 할 내 이름을 정확히 일러주고
갔다

나쁜 소녀의 꿈

구루들의 마을은 폭포처럼 등장한다

절벽에 걸쳐 있는 좌대
자줏빛 천막 아래
의자 없이 앉아 있는 노인을 중심으로
화환처럼 서 있는 수행승들

움직임 없는 수련
길 위에 사지를 벌리고 누워 있는 자가 보이고
천막 귀퉁이에 머리를 조아리고 있는 소녀는
은혜로운 시선이 떨어지길 기다린다

돌풍이 일어
소녀의 치맛자락을 들추고
구루의 발끝에 닿아 점점 넓어지는 치마폭
속옷을 입지 않는 선승들의 귀두가 다육식물의 잎처럼 부
푼다

흙먼지 사라질 때 드러나는 이상향
베율에 고통이 없다는 건 아무래도 틀린 말 같아
웃는 듯 웃지 않는 듯

이쯤에서 기념사진을 찍어야 하지 않을까
구도를 잡았으나 이미지가 없고
애석해 하기에 충분한 분위기만 퍽 자비로웠다

놀랍게도 아무런 화풍이 없다

기도

고통을 믿는다
궂은 청소부터 시작된 종교
무엇이 깨끗해지든
쉴 틈을 주지 않고 몸을 부린다
그 어떤 순간에도 불평 없이
고단의 힘으로 잠을 자고
밥 먹는 시간을 줄이면서
고통에 이르지 못한 고난을 믿는다
슬프다와 즐겁다가 몸에서 빠져나갈 때까지
안락과 비애가 뒤엉킬 때까지
힘들지 않으면 불안한 믿음
고통만이 살아 있는 증거다
모처럼 쉬는 시간에는 가죽채찍을 맞고
스승이 없으면 스스로 후려친다
찢어진 상처가 내지르는 희열
잘 참아야 수행을 잘하는 거니까
질투 심한 신의 자비를 위해
때 되면 자리 잡고 혼자서 운명하는

그날의 기적을 믿는다

치킨게임

죽어가는 개의 눈빛이 마지막 힘을 다해 달려온다

서로를 향해 달리기 시작한 경주

브레이크가 없는 눈빛은

두 손에 물을 담고 뛰는 내 눈빛의 속도보다 빨라서

바싹 타들어간 주둥이에 떨어진 한 줌의 물은

개의 눈동자만 꺼트리고 말았다

나동그라진 밥그릇에 쏟아진 햇볕은 파리떼를 불러들이고

나를 물고 늘어지는 눈빛은

우리들만의 규칙으로 지켜지는 듯했으나

용기 따윈 개밥에 말아먹은 내가 먼저 자리를 피하고

진 쪽이 그 순간을 평생 간직하기로 한 약속은

지켜지지 않을 것이다

내가 지금까지 살아온 가장 큰 이유가 회피였으므로

꼬르륵 혹은 꾸르륵

잘 들어보세요
배가 고프단 말인가요 아프단 말인가요

슬픔인지 향락인지
미치지 않고선 불가능한 실험 시인지
구원인지 구토인지 알 수 없는 당신의 헛구역질인지
정확한 원인을 알아내기 어려운 과민성 소화불량인지

도대체 뭘 먹은 거죠

당신의 뱃속에서 들려오는 소리
꾸르륵인가요 꼬르륵인가요
아니면 내 뱃속에서 들려오는 소리인가요
미쳐가고 있을 뿐 미치지 못한 당신
혹은 내가
지천에 피어 있는 마타리 꽃인지
방금 낳은 새끼를 삼켜버린 물고기인지
미치기도 전에 죽은 자의 명랑함인지

꼬르륵 혹은, 꾸르륵
미치는 순간 죽음에 닿을 수 있게

어젯밤 일기에 받아 적은 꼬르륵과 대조해볼까요
아니면, 저의 가방을 쏟아보면 어때요
모아놓은 꼬르륵과 꾸르륵이 쏟아질 거예요

부탁해요
당신의 배를
한 번만 더 빌려주세요
몸이 하는 말을 제대로 들을 수 있게

보이 A

어이, 보이
문이 많은 방을 상상하게
가장 먼 쪽의 방문부터 닫히고 있지 않나
쾅— 하고 악을 쓰더라고 놀래지 말고
닫혀 있다 열린 건지
열려 있다 닫힌 건지 따지지 말고
칼을 든 천사의 방문을 환영하게

악한 자의 선행과 선한 자의 악행
둘 다 필요한 이유 묻지 말고
몇 번째 방문이 닫히고 있는지만 헤아리게
필요악이란 쓸모 그러니 어이, 보이

모두들 네가 솔직해지길 강요할 걸세
너의 수많은 방들
닫히고 있는 문이 점점 가까워지고 있지 않나
순간은 밤의 어둠처럼 온다네
두려움 또한 오래가지 않을 거야

문이 또 하나 쾅, 하고 외치는 것뿐이라네

그러니 어이, 보이
문이 많은 복도에 대한 상상을 멈추어선 안 되네
감시카메라 걱정 말고
결정적 증거 없는 시간들을 환영하게

다시 혼자가 되어버린 걸 스스로 축하하게 될 때까지

달리는 계절들

이상한 나라에서 나는
붉은 여왕의 명령대로 죽을힘을 다해 달리고 있다

차가운 바람 속에 지난 여름의 풀벌레들이 울고 있다
꿈이 아니라 기억이었던 나라에서,

도망치는 계절들
쫓고 쫓기는 노래들

왜냐고 묻지 않고 살고 있을 뿐인
모든 계절의 시작인 겨울을 향해 달리고 있다
꼬리에 꼬리를 물고 태어난 곳으로
싸우기 위해 세운 건물 벽에는 옆집보다 조금 더 큰 간판
을 걸고
어디에도 도착하지 않을 시간을 되묻고 있다
지금이 몇 시인지를 아는 건 그리 중요치 않아
명령하기 좋아하는 여왕의 명령대로 계절과 함께
노래와 함께 달리고 있다

어디에 닿을지 모르는 꿈이

교훈 따위 필요 없는 고양이와 마주쳤을 때
거리에 고양이들이 많아진 건 고양이밥을 챙겨주는 여자
들 때문이 아니라 사라지는 저녁들 때문이라고, 꼬리가 긴
쥐를 물고 유유히 사라지는 얼룩무늬 고양이같이 너무 빨리
달리고 있다

Time Zone

장미 한 다발에 30분을 지불하고 집으로 가는 마지막 전
철을 탄다 밤새도록 시들 줄 아는 꽃들이란 얼마나 영악한
가 주급으로 받은 4시간이 외투 안주머니에서 째깍거린다
어둠은 하이힐을 신은 거리의 여자와의 밀회를 상상한다 무
산되기 직전까지

달리는 옷가게들 저녁을 훔쳐 뛰어가는 강도들 그 뒤를
쫓는 그림자 따위는 애초에 없다 함부로 시간을 쓸 순 없잖
은가 늙지 않는 부자들을 위해 사람들은 죽어가고 시간 지
급기 앞에서의 노숙은 매혈소의 사내들보다 비정하다 물가
는 오르고 한 끼 빵을 사는 데 필요한 7분이 없을 때

우리는 절벽에 오른다 오를 수 있는 시간이 남았다면 불
빛 환한 한밤의 상점들 타임 존에 쏟아지는 빗줄기들 소리
없는 겨울이 추위를 놓친 건 시간과 맞바꾼 태양 때문 물고
기들의 회귀 때문 죽은 나뭇가지에서 태어나는 시간은 내가
갖지 못한 외로움 때문

아주 먼 옛날 혹등고래였던 나는 커다란 가슴지느러미를 가졌던 나는 그 후 한때 상어의 날카로운 이빨이기도 했었던 나는 그 이후 시간을 너무 많이 써버린 죄로 지금에 이르렀다 태어나면서 움직이는 노루와 토끼와 캥거루보다 오랫동안 너의 곁에 머물며 순간들을 축내는

시간의 밀매가 성행하는 이 거리에선 꽃집도 빵집도 이름이 없다 기습적인 피곤만이 무서울 때 나는 내 몸에서 빠져나가고 있는 시간을 체크한다 얼마나 남았는지 플러그를 꽂고 충전을 해야 한다 누군가의 생일을 위해 이름 없는 꽃집에서 산 장미 한 다발이 빈 술병에서 피어나게

센터

우리 동네 주민센터
센터란 말 쓸 자격 있다

가족관계증명서 떼어주고
전입신고 받아주고
주민등록 말소해주고
노령연금 챙겨주고
기초생활수급자를 헤아려주고
사망신고 출생신고 기록해주고

세상 어디에도 없는 센터
사람 사는 일에 쓸 자격 있다

바람국

무국 끓이려 무를 잘랐더니
바람이 들었다

아버지 쓰러뜨리고
늙은 어머니 풍치로 고생시키더니

묵언정진
면벽 중이시다

바람도 쉬고 싶을 때가 있는 것

못 먹게 생겼다 버리려다
물 붓고 끓인다

여름 제재소

말매미들이 나무를 베어낸다

어제의 나무들

체인톱이 맞닥뜨린 무늬 앞에서

잠시 쉬어가듯 멈춰 설 때도 있지만

식탁이 되고 싶었던 망고나무

흰 나무살 가운데 짙은 먹빛 박혀 있는 계수나무

오늘의 등고선이 그려져 있는 나이 많은 나무만을 골라

제재기에 올린다

매미들 눈에만 보이는 나무가 있어

재목이 되지 않을 어린 나무는 건드리지 않는다

좋은 의자가 되려면 참아야 한다고

밝은 적갈색의 여름 단면 그 아래로

가방을 맨 소녀가 귀를 막고 지나간다

뒷담화

도라지 밭에서 풀을 뜯었다

참새그렁 황새냉이
나도개피 주름조개 방동사니
소리쟁이 방가지똥 쥐꼬리새 곰보배추

도라지만 남겨놓고 죄다 헐뜯었다

| 해설 |

처음 보는 얼굴처럼

고봉준(문학평론가)

　신정민 시에서 '일상'에 대한 시적 관심은 언제나 이중적
이다. 그녀의 시는 좀처럼 일상이라는 이름의 현실계를 벗어
나지 않으면서도 정작 일상적 경험에 대한 소박한 언어화에
강력하게 저항하는 모습을 보여준다. 또한 그녀의 시는 대
상-세계에 대한 감정적 반응을 배제하지 않으면서도 소위
'진정성'의 미학이라고 불리는 감정의 진솔한 고백을 추구
하지도 않는다. 일상의 범위를 벗어나지 않을 것, 동시에 일
상이라는 질서에 매몰되지 말 것. 신정민에게 '일상'은 벗어
나기 위해 가까이 가야 할 모순적인 대상, 낯선 상상력을 통
해 새롭게 그려져야 할 익숙한 감각의 지도 같은 것처럼 보
인다. 이러한 이중적 시선은 현실의 탈형상화라는 현대적 상
상력의 본질이 구체화되는 하나의 방법이기도 하다. 흔히 사
람들은 시의 본질이나 가치를 일상-현실에 밀착된 언어에서
찾는다. '문학'과 '삶'의 일치라는 이런 사유는 그 의도와 달

리 종종 언어를 감성적인 자기 고백으로 견인함으로써 시를 일상적 경험 자체의 언어화로 낙착시킨다. 그런데 '문학=삶'의 경지에 이르면 문학의 언어는 더 이상 '삶=일상'에 대해 비판적인 거리를 만들지 못한다. 이와 반대로 문학이 문학일 수 있는 이유, 문학의 의미는 그것이 습관화된 지각이 지배하는 일상적 감각에 균열을 만드는 데 있으며, 시적 상상력과 문법, 일체의 시적 장치들은 바로 이 균열의 생산에 복무한다. 그런 점에서 시의 본질은 추상주의에 있거니와, 이때의 추상은 회화에서의 그것과 달리 현실의 탈(脫)현실화를 지시하는 비유적 표현이다. 이러한 균열은 "불편한 쪽으로 기운다"(「시인의 말」)라는 진술처럼 시인에게는 직관의 영역에 속한다. 엄밀하게 말하면 이런 직관의 능력을 소유한 존재가 시인인 것이다.

무지개의 본질은 흑백이므로

회색분자들이여
무지개를 그려보자

그림자가 우리를 속일 수 있게

옷장을 열어보자

새빨간 거짓말 코트를 입어보자

말만 번지르르한 헛소리 흰색으로 칠해보자

알래스카의 무지개는 삼원색으로

아프리카 인디언의 무지개는 스물하나 크레용으로

검은색은 현상일 뿐

검은 것 아닌 검은색 가까이 다가가 보자

가다 만난 회색으로

흰 것 아닌 흰색 멀리 도망쳐보자

도망치다 만난 무지개를 그려보자

— 「색깔빙고」 부분

　시집 『나이지리아의 모자』의 특징적인 면모는 '시선'과 '태도'에 있다. 시적 직관 또는 발견은 대상-세계를 비일상적 시선으로 볼 때에만 열린다. 시인이 일상적 사물이나 경험을 낯선 언어와 문법으로 전유하려고 노력하는 이유도 여기에 있는데, 이는 결국 특정한 시선으로는 볼 수 있으나 다른 시선에 의해서는 포착되지 않는 대상-세계의 면모가 있다는 의미이기도 하다. 그렇기에 사물에 대한 시적 직관과 발견에는 특별한 시선이 요구된다. 인용시는 "무지개의 본질은 흑백"이라는 알 수 없는 진술로 시작된다. 시의 첫 구절에 단정적인 진술이 인쇄되어 있으니 누구라도 이 말을 그냥 넘길 수 없을 것이다. 왜 무지개의 본질은 '흑백'일까? 아무리 살펴보아도 이 문제의 해답은 이 시에 없다. 물론 여러 가지 추론을 통해 답변을 만들어낼 수도 있을 것이다. 하지만 이 질문 자체가 우리에게 대답을 요구하는 질문처럼 읽히지 않는다. 이는 그 아래의 또 다른 진술들을 살펴보면 짐작할 수 있다. 화자는 2연에서 '회색분자들'에게 '무지개'를 그려보라고 요구한다. 회색분자가 그리는 무지개는 회색일까 무지개 색깔일까? 4연에서 화자는 옷장을 열고 "새빨간 거짓말 코트"를 입고 "말만 번지르르한 헛소리 흰색으로 칠해보자"고 제안한다. 이 진술들의 핵심은 '새빨간 거짓말'과 '헛소리 흰색'이라는 표현에 있다. 요컨대 화자는 시 전체에 걸쳐 '색깔'에 대한 직관적 반응을 나열하고 있을 뿐, 논리적 연관을 통해 시 전체에 연속성을 부여하고 있지 않다. 연 단위로 떨어뜨려 놓았음에도 불구하고 다수의 연 사이에서 연속성을 발견해내려는 우리의 독해습관이 문제일 뿐, 시인은 애써 무언가를 진술하려 하지 않는다. 생각이 여기에 미치니 '색깔 빙고'라는 제목의 의미가 새삼스럽게 다가온다. '빙고'는 연속적이되 결코 하나로 환원되지 않는 개체들의 나열이 본질인 놀이이기 때문이다.

이미 불편하거나
돌이킬 수 없게 불편해진 불협화음 사이

웃고 있는 눈물과 울고 있는 미소
그 간발의 차이

둥근 별이
다섯 개의 뿔로 잡아당겨진 각도

(…)

너와 나 사이에서 깊어지고 있는
예각보다 좁고 둔각보다 넓은 생각

수요일 아닌 목요일같이
너와 나 사이에서 좁혀지지 않는
찬란한 오해들

- 「착각」 부분

　신정민의 시에서 '관계'는 결코 안정적이지 않다. 그녀의
시에서 이곳-세계는 "막연하고 근거 없는"(「새로운 신앙」)
믿음이 지배하는 곳이고, "비극에 따라 본 고독의 자손들"

(「고독의 족보」)이 살아가는 고독한 세계이며, "큰 거짓말을 더 잘 믿는 자"와 "무감정"(「붉은 얼굴의 차력사」)한 사람들이 갈등 없이 공존하는 불합리한 공간이다. "나는 소식으로 범람 중이다/그러나 휴지통은 넘치지 않는다"(「가나안 슈퍼의 깡통들」)라는 진술처럼 이 세계에서의 인간관계는 넘쳐나는 스팸 메일로만 입증될 뿐이고, 그곳에서 영위되는 일상은 "살아 있는 동안 무모하지 않은 날은 단 하루도 없었"(「하루」)을 정도로 위태롭다. 신정민의 시에서 이러한 관계의 단절은 '나'와 '당신'의 관계에도 동일하게 적용되어 대칭적인 형상으로 시화된다. 이 시에서의 '착각'이란 이러한 엇갈림의 운명에 대한 총체적인 술어이다. 한 가지 흥미로운 점은 시인이 이러한 엇갈림을 애써 봉합하려 하지 않는다는 것이다. "찬란한 오해들"이라는 표현이 말해주듯이 시인에게 이러한 균열, 사이, 차이, 오해는 병적인 현상이 아니라 새로운 사유를 촉발시키는 지렛대이다. 예컨대 「제로섬 게임」에서 시인은 모든 존재의 기쁨과 슬픔의 총합을 제로섬의 관점에서 받아들임으로써 감정에 대한 새로운 접근법을 보여준다. 이 사유에 따르면 '나'의 '웃음'은 누군가의 '울음'과 이미-항상 연결되어 있다. "누군가 울고 있어 내가 웃는다"라는 진술은 울음과 웃음의 동시성이 아니라 존재론적 연속성을 강조하는 말이다. 그렇기 때문에 "슬퍼도 눈물이 나지 않는다면/누군가 어디서 멈출 수 없는 울음을 우는 것"이라

는 진술이 가능하다.

시인은 균열, 사이, 차이, 오해 같은 부정적 균열을 애써 감추거나 봉합하지 않고 그것들에 기초하여 새로운 사유를 시작하며, 그것은 이질적인 것들의 경계와 사이에 대한 낯선 감각으로 형상화된다. 그 대표적인 사례가 「구르는 천둥 씨에게」에 등장하는 '사이' 세계이다. 이 시에는 "꿈과 현실의 중간", "꿈도 아니고/현실도 아닌 애매한 곳", "꿈도 아니고 현실도 아닌/모호한 곳"처럼 흑백의 명확한 논리로 설명되지 않는 세계에 관한 진술이 다수 등장한다. 이성적·논리적 층위에서 이러한 '사이' 세계에 관해 말하기는 쉽지만 경험적인 감각의 층위에서 그것에 근접하기는 매우 어렵다. 왜냐하면 습관적인 우리의 지각이 애써 '사이' 존재를 무화하고 흑백의 논리로 되돌아가려는 관성을 지니고 있기 때문이다. 문학, 특히 시적인 새로움이 요구되는 지점이 바로 이곳이니, 시는 이 관성에 가까운 감각의 지도를 갱신함으로써 흑백의 명쾌한 논리/시선에서는 볼 수 없었던 '사이' 세계를 개방하는 의무를 지닌다.

내 머릿속에는 얼굴을 지워주는 가게가 있다

배꼽 근처의 타투를 지우듯
당신이 누구였는지 알아볼 수 없게

생전 처음 보는 얼굴로 바꿔주는 곳

놀러오세요
구경만 하고 가셔도 됩니다
불편한 호객 따위 하지 않는 곳

그래서 나는 언제나 당신을 처음 보고

두부 대신 사 온 커다란 양배추 주머니 속의 붉은 두더쥐들

스물일곱 번의 꿈을 꾸고서도 단 하나의 꿈도 생각나지 않는
잔인한 농담을 처리해주는 곳

당신이 버린 얼굴들의 매립지

버린 것에서 많은 것을 배울 수 있게

조금 전까지 읽고 있었던 책을
감쪽같이 보관해주는 곳

아름다운 건 늘 처음 보는 것

생각날 듯 끝내 생각나지 않는
화이트 아웃 혹은 블랙아웃을 포장해주는 집

다양한 이목구비
헤어지면서 잊어버릴 수 있게
부위별 깜짝 구매가 가능한 곳

방바닥에 귀를 대고 아래층 소리를 엿듣는
목요일이었던 남자를 읽는 깊은 밤까지
기어이 잊어주는 곳이 있다

― 「방추상회」 전문

　'방추상회(紡錘狀回)'는 "뇌 중에 얼굴을 알아보는 기능을 하는 곳"이다. 이 사실을 처음 알게 되었을 때 시인은 '상회'라는 익숙한 이름이 전혀 다른 맥락으로 사용되는 현상에 흥미를 느꼈을 것이다. 하지만 이 시를 한낱 동음이의나 편(pun)으로 읽어선 안 된다. 그것은 "아름다운 건 늘 처음 보는 것"이라는 진술이 환기하는 '아름다움'의 기준 때문이다. 방추상회가 얼굴을 알아보는 기능에 관계된다면 그것은 곧 얼굴을 잊게 만드는 기능에 관계되는 것이라고 말할 수도 있다. 잊는다는 것, 그것은 익숙한 얼굴을 "생전 처음 보는 얼굴로 바"꾸는 것이라고 말할 수도 있겠다. "나는 언제나 당신을 처음 보고"라는 진술은 이런 맥락에서 이해할 수 있다. 흔히 사람들은 이런 현상을 질병의 하나로 간주한다. 반면 시인은 거기에서 '아름다움'이라는 가치를 끌어낸다. "아름다운 건 늘 처음 보는 것"이라는 진술이 그것이다. 이 진술을 통해 화자는 '아름다운 것'과 '처음 보는 것'을 연결시키는데, 그것은 예술의 가치가 익숙한 것을 낯설게 만드는 데 있다는 뜻이기도 하다. 이는 익숙한 것에 끌리는, 통념과 습관의 영역인 일상적 질서와는 다른 것이다. 신정민의 많은 시편들은 이러한 미학적 태도의 산물이며, 시인은 대상-세계에 대한 개성적인 시선을 통해 그것에서 비일상적 맥락을 발견해낸다. 일상의 비(非)일상화 전략은 이처럼 익숙한 대상을 처음 보는 것으로 만드는 데 있다.

시만 있고 사랑이 없다면
단어들만 있고 그리움이 없다면
내일은 오겠지만 당신이 없다면
어머니가 되기 좋은 나라에서 온 편지
답장 대신 모자를 뜬다
시는 사랑이 쓰는 거라서
그리움만이 단어를 찾아 떠나고
당신이 없다면 내일도 없다고
손끝에서 태어나는 모자

생명과 두려움

그 둥근 실타래를 풀어 뜬다

- 「나이지리아의 모자」 부분

   신정민의 시를 일상의 비(非)일상화라는 관점에서 읽으면 표제작 「나이지리아의 모자」는 상당히 이질적인 작품에 속한다. 이는 대상-세계에 대한 시인의 관심이 단일하지 않고, 그것을 표현하는 시적 문법 역시 하나가 아님을 말해준다. 실제로 이번 시집에는 '벽화마을'의 모순적 풍경을 비판적으로 바라본 「여우의 빛」, 언어적 표현법에 대한 자의식을 담고 있는 「좋아한다는 것」 등처럼 부조리한 현실을 비판하며, 지금-이곳이 결코 인간다운 세계가 아님을 보여주는 다수의 시편들이 포함되어 있다. 척박하고 열악한 조건에서 살아갈 운명을 지니고 태어나는 나이지리아 아이들에 대한 인간적 유대와 연민의 정서가 뚜렷한 이 작품은 '시'와 '사랑', '단어'와 '그리움'이라는 두 가치를 평행하게 놓아 문학과 삶, 언어의 세계 사이에 간절한 연결선을 마련하고 있다. 그래서 "시만 있고 사랑이 없다면"이라는 진술은 "'언어=문학'과 '사랑=삶'이 분리된다면"처럼 조건문으로 읽을 수 있거니와, 이는 그것들이 결코 분리될 수 없다는 주장이기도 하다. 많은 사람들의 오해와 달리 일상의 비(非)일상화라는 미학적 전략 또한 문학의 가치를 삶의 갱신에서 찾는 것이다. 그것은 결코 문학과 삶을 맞세우지 않는다. 그런 점에서 일상을 시적 대상으로 삼는 신정민의 시를 삶의 경계를 벗어난 실험이라고 말할 수는 없다. "시는 사랑이 쓰는 거"라는 표현이 강조하듯이 그 실험 속에는 '사랑'이라는 이름의 역동적인 에너지가 존재하기 때문이다.

신정민

1961년 전북 전주에서 태어나, 2003년 부산일보 신춘으로 등단
했다. 시집으로 『꽃들이 딸꾹』, 『뱀이 된 피아노』, 『티벳 만행』이
있다.

나이지리아의 모자 산지니시인선 012

초판 1쇄 발행 2015년 12월 31일

지은이 신정민
펴낸이 강수걸
편집장 권경옥
편집 양아름 윤은미 문호영 정선재
디자인 권문경 박지민
펴낸곳 산지니
등록 2005년 2월 7일 제14-49호
주소 부산광역시 연제구 법원남로15번길 26 위너스빌딩 203호
전화 051-504-7070 | 팩스 051-507-7543
홈페이지 www.sanzinibook.com
전자우편 sanzini@sanzinibook.com
블로그 http://sanzinibook.tistory.com

* 책값은 뒤표지에 있습니다.
* 이 도서의 국립중앙도서관 출판예정도서목록(CIP)은 서지정보유통지원시스템
홈페이지(http://seoji.nl.go.kr)와 국가자료공동목록시스템(http://www.nl.go.kr/
kolisnet)에서 이용하실 수 있습니다. (CIP 제어번호: CIP2015033199)
* 본 도서는 2015년 한국문화예술위원회, 부산광역시, 부산문화재단
지역문화예술특성화지원사업으로 지원을 받았습니다.